뻥의 맛 2

차 례

일주일 만이다.

교복이
아니니까…
뭔가 낯설어.

안대는 왜 했지…?
독감이라더니.

말을

고르고

골라서….

눈은

왜 그러냐?

독감인 줄 알았더니

…눈병이었어?

…우리 집

어떻게 알았어?

…눈병은
왜 걸렸냐?

겨울에 수영장이라도
갔다 왔냐?

목욕탕 갔다.

말하는 거 보면 멀쩡한 거 같은데… 너 학교 나오기 싫어서 버티고 있는 거지?

아니면 다래끼가 뭐 왕방울만 하게라도 난 거 아냐?

구래.

왕방울만 하게 났다.

어쩔래.

이제야
대꾸 좀
해주네.

?!!

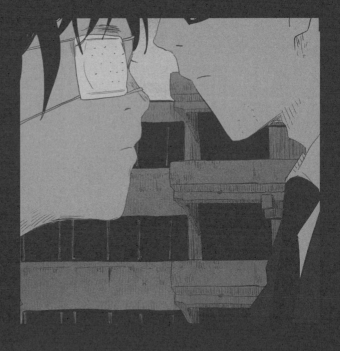

산뜻한 샴푸향 같은 걸
기대한 건 아니지만

비누 냄새라도
날 줄 알았다.

순이에게선
좀약 냄새가 났다.

방금… **쿵!** 소리가….

야.

너도 들었지? 방금….

나 들어갈게.

…잘 가.

그 소리는
2층에서 났다.

순이네 집은
202호다.

나는 왜인지 갑자기
너무 무서워져서

한 발짝도
움직일 수가 없었다.

오늘 순이의 표정은

여느 때와 다름없는
무표정으로 보였겠지만

사실 그건 내가
제일 잘 아는 표정이다.

그건 불안한 표정이다.

…집에
진짜 무슨 일이
있는 건가…?

순이가
들어간 뒤에도
몇 번의 쿵쿵
소리가 더 났고

나는 더 들을
자신이 없어서
발을 땅에서 겨우 떼고
집으로 돌아왔다.

결국 공책도
약도 못 주고
그냥 왔네.

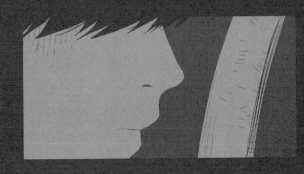

공책에서도
좀약 냄새가 난다.

근데 나는
이 냄새가
싫지가 않다.

내일은 순이가 학교에 나왔으면 좋겠다.

아무 일도 없었고

뭐든 아무렇지도 않고

어떤 것도 별일 아니라는
그 무신경한 표정으로

평소처럼 자기 자리에
앉아있게 해달라고 기도했다.

그날
이후로 5일이
더 지나고

교복이 춘추복으로
바뀌고 나서야

순이가
학교로 돌아왔다.

왔다.

순이가 왔다.

늘 짓던
무신경한
표정으로

거의
열흘 만에

애들 시선 같은 거
아랑곳하지 않으면서

이젠 좀
무거워 보이는

동복 마이를
입은 채로.

잔다.

이 정도면
존경스러울
정도다.

저…
자기 위주의
삶의 태도.

그날…

별일 아니었으니까
다시 학교 나온 거겠지?

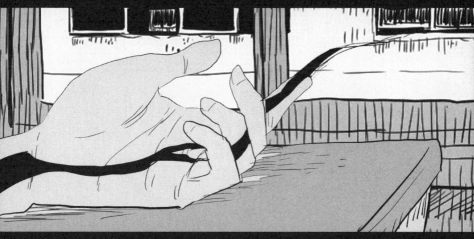

잠깐이라도

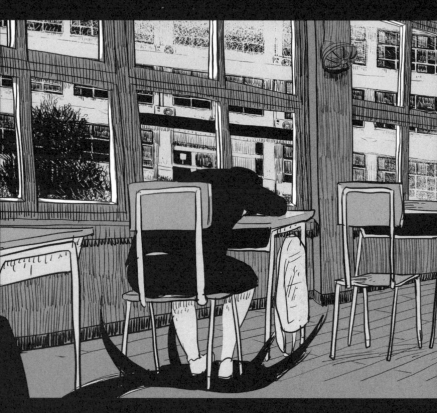

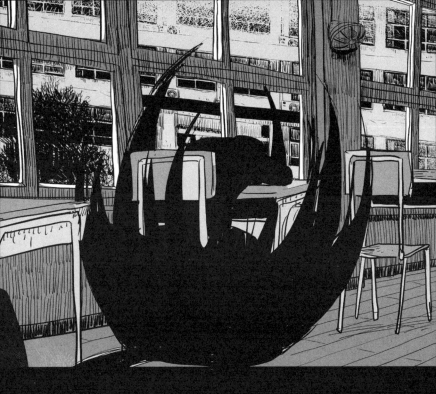

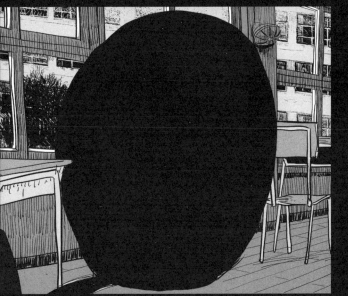

푹 자라.

근데…

학교
오랜만에
나왔는데…

계속
잠만 자고

나랑은
한마디도
안 하네.

서운하게.

…그래…

그땐 니가 먼저 와서
말 걸어줬으니까

이번엔 내 차례라고 하지 뭐.

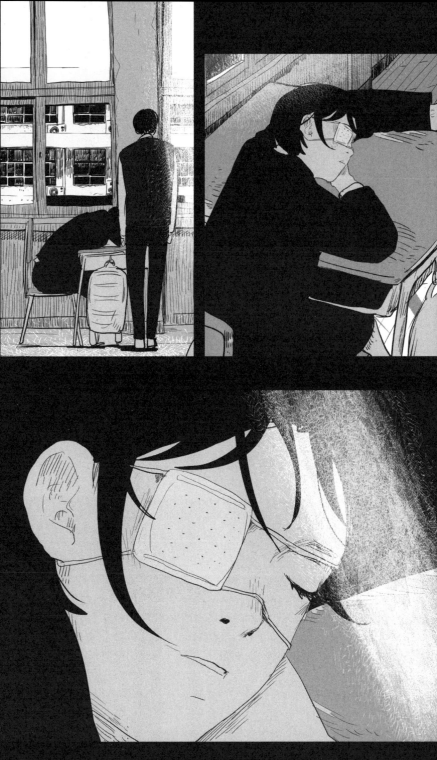

자는 얼굴

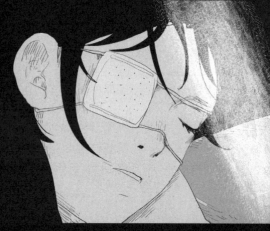

…엄청
피곤해 보이는데…
깨우지 말까…?

…깜짝이야.

…?
하나도 안 놀란 거 같은데….

…으…

물어보고 싶은 거
엄청 많았는데…

괜히 애들 시선이
또 신경 쓰이네….

오…

옥상으로
따라와.

아···
이거 아닌데···.

…방금 들었냐?

어. 옥상으로
따라오라고….

뭐야…
싸우는 거야??

싸우긴 뭘 싸워.
딱 봐도 이순이가
그냥 이기겠구만.

피지컬이….

춘추복으로
바뀌었어.

어제부터.

이… 이게….

그때

공책 갖다줘서
고마워.

…우리 집에서 5분 거리밖에
안 되더만… 그리고 중요한 건
그때 결국 못 줬거든?

그랬나…?

어, 너 갑자기
집에 들어가 버려서.

……

…그날

혹시… 집에
무슨 일 있었어…?

아니?

그날 너
표정…

좀 안 좋아보였어서…
뭔 일 있었나 해서….

없어.

뭔 일.

또…

저 숨 막히는
무표정.

없긴 뭐가 없어….

뭔 일 있구만….

집 얘기만 하면
주변 공기가
차가워진다.

아… 괜히
물어봤나….

?!

…뭐야….

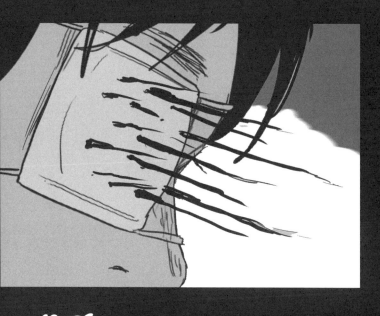

저것들이
왜…!!!

잠깐만!

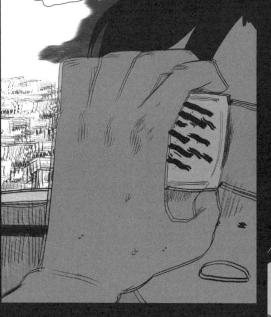

순이한테까지…?!!

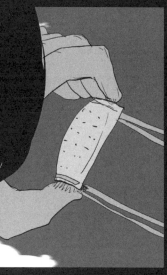

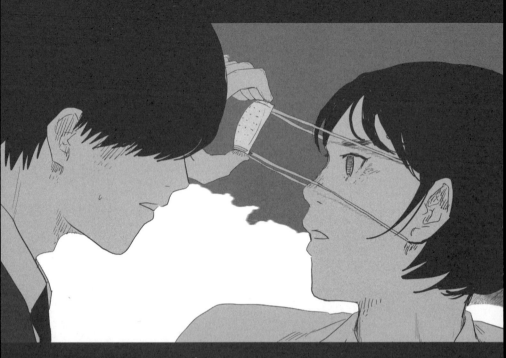

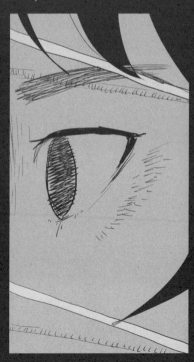

어?

이… 이상하다.

아까 분명….

아...

…야.

죽을래?

아…
아니 갑자기
그런 건 미안한데

그렇다고
발로 차냐??

진짜

보였단 말이야.

근데

약간 부어있었던 거 아닌가?

그 안대 사건 이후로

당연히

순이는 날 무시하기 시작했고

그 무시는

안대를
풀고 나서도
계속됐다.

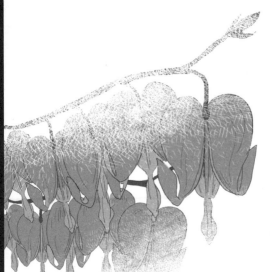

꽃이 피는 계절이 지날 무렵엔

우린 서로 아는 척도 안 하게 되었고…

난 다시
혼자가 됐다.

순이도 혼자가 됐다.

삣!

삣!

너들
설렁설렁 달리지?

선생님은
기록 안 봐.

평가 기준은 뭐다?
기록 같은 게 아니라

오! 쟤 엄청 빨라.

이순이야?

야, 니보다
훨씬 빠르겠는데?

필사적으로도 뛰네.

어디 도망이라도 가냐?

하긴

생각해보면 쟤는
뭐든 필사적이고

전투적인 느낌이긴 했지.

밥 먹을 때도

자, 다음!

잠잘 때도.

뻿!

순이 생각 그만해

변이준.

순이가 이제 너 싫대.

순이가 이제

너랑 다시는 얘기 안 한대.

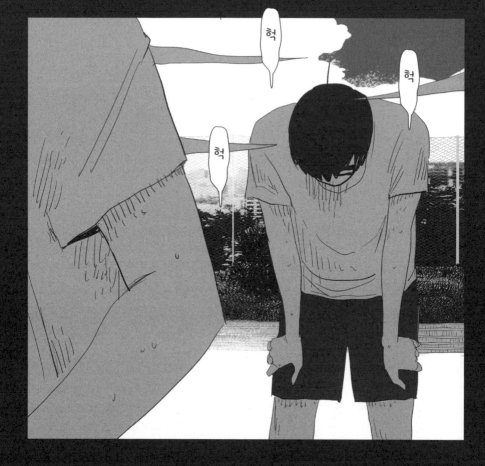

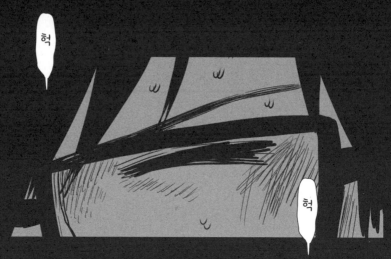

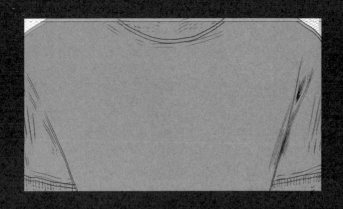

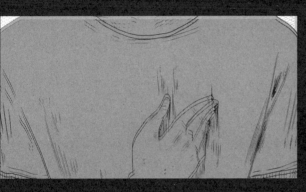

요즘 심장박동이
엄청 예민하게
느껴진다.

당연히 별로
좋은 느낌은
아니지.

어?!

야! 아니야
아니야!!

불안해서
두근거리는 거

아니라고…!

언젠가부터 분간이
잘 안 되기 시작했다.

불안해하는 거
아니야….

달리기해서
이런 거라고.

불안해서
두근거리는 거
아니라니깐.

그러니까
하지 좀 마…!

하지

말라고, 쫌!!!

괴로워…

죽을 거 같어…

심장도 아프고

숨도 못 쉬겠어.

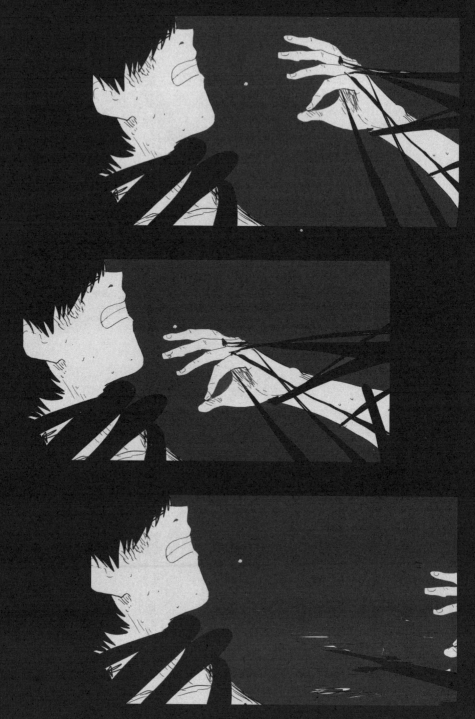

목을 조르고

심장을 조이고

때로는 날카로운
바늘이 돼서

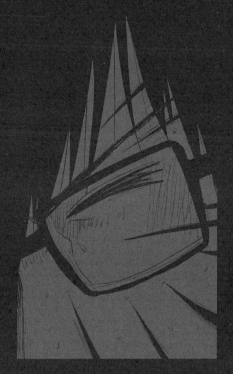

쑤신다.

팔다리는
너무 조여서

감각이 있는지
없는지조차 모르겠고

갑자기 불태워지는 것같이
온몸이 뜨거워진다.

그런 와중에
이 자체가

커다란 블랙홀처럼
느껴져서

끝도 없이 떨어져 버릴 것 같은
공포감에 사로잡힌다.

이러다 보면
늘 빠르게 한 가지
생각에 도달한다.

설마

이렇게

죽는 건가?

싫어! 무서워!
죽기 싫어!!!

무섭다고!!!

아… 선생님
왜 안 오셔??

아, 오시겠지!
부르러 갔잖아.

아니 뭐,
어떻게 해야 돼…
아씨… 무섭게….

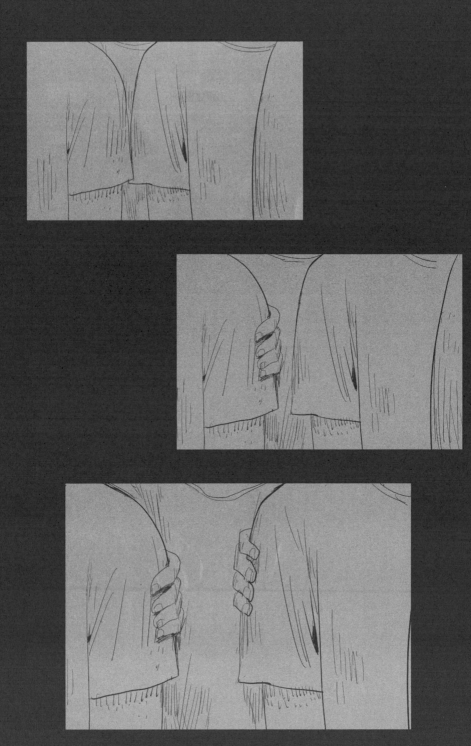

…어…?

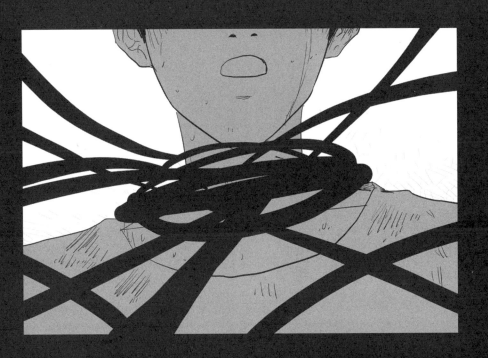
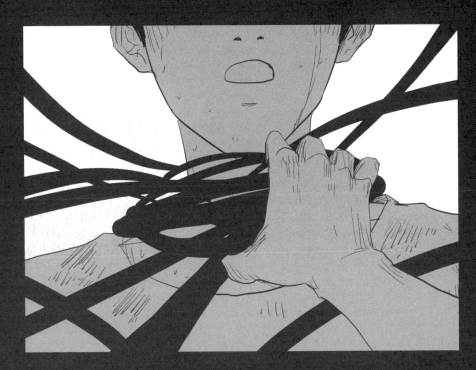

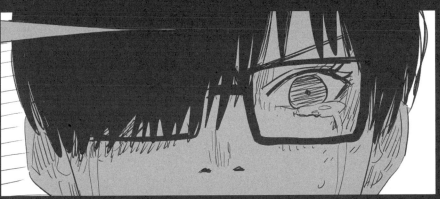

···이순이···.

…너

…너도…

어.

34 벽의 맛

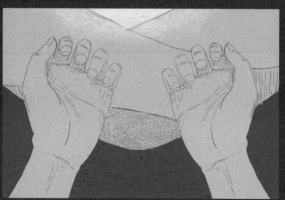

아직도 손이 덜덜
떨리긴 하지만.

…그럼 나 갈게.

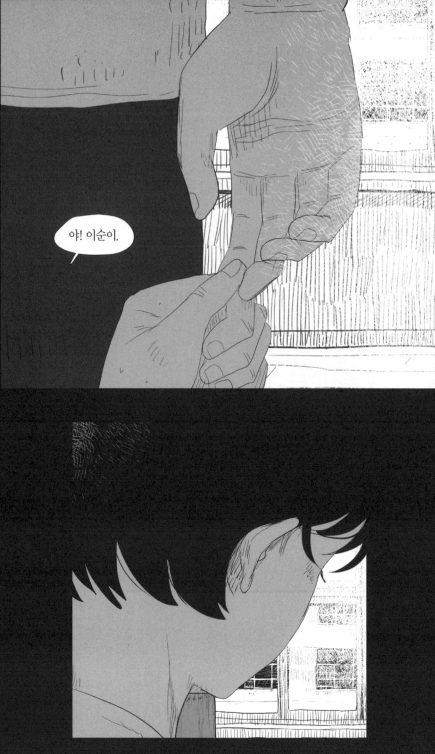

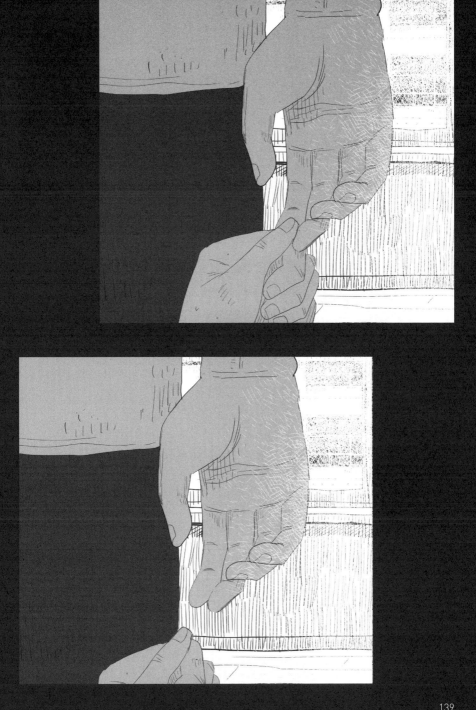

물어볼 거

있어.

언제부터
보였어?

…그거?

이상하고

무서워서.

충분히
이해한다.

있었어.

역시 있었어!

이건 나만 보이는 게 아니었어.

실제로 존재하는
거였다고!!!

나만 이상한 게
아니었다고!!!!!!!

물론 모두에게
보이는 것 같진 않지만

그래도 몇몇
특정한 사람들에게는
보이는 것 같다.

지금까지는

순이

우리 둘한테만
보이는

무언가.

괜히 설렌다.

왜??

또 그래??

'구해줘서'

…까지는 부끄러워서
차마 말 못 했다.

근데 그게 왜
널 죽이려고 해?

평소에는 니 마음대로
할 수 있다며.

평소엔 괜찮은데…

긴장하거나
불안해지면 그래…

…….

넌 뭐가 그렇게

…불안한데?

불안한 게 없는데도

앞으로 불안해지면
어떡하지?

라는 불안함.

'불안할까 봐 불안해'라는 생각을
떨쳐버릴 수가 없어.

도리도리
귀엽다….

……

근데 아까 애들이
우리 보고 무슨 생각
했을까?

애들 눈에는
안 보이니까… 진짜
이상하게 봤겠다.

어.

맞어.

야.

···혹시···
나중에 나··· 또 이러면···.

이순이!

너 선생님이 찾으셔.
교무실로 오랬어.

왜?

몰라.
근데 너 빨리
찾아오랬어.

x

x

x

x

x

x

x

x

……!

야… 얘기하다가
그냥 이렇게
가버리는 거야?

내일 보자는
평범한 인사가

우리한테는
뭐가 그렇게
어려웠던 건지

순이는
그다음 날부터

또 학교에
나오지 않았다.

8화

작년

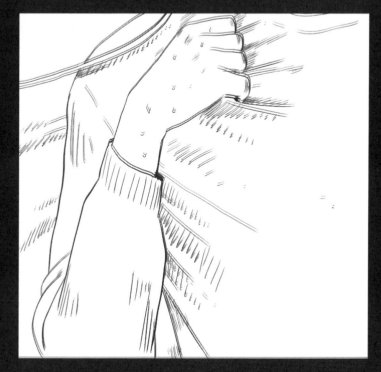

꿈을

꿨다.

집에 있는데 갑자기 숨이 안 쉬어지고

위태롭게 매달려있는
심장이 갑자기

툭!

땅에 떨어져 버릴 것 같은
느낌이 들어서

새벽에 엄마가 119를
불러서 응급실에 갔다.

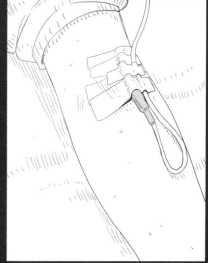

피검사를 하고
링거주사를 맞고

산소호흡기를
씌워줬는데,

이건

떼어주지 않았다.

아픈 건 분명히
이것 때문인 거 같은데

아무도 이 검은 것은
신경 쓰지 않았다.

병원에 왔다는
안도감 때문인지

아니면 약 기운
때문인지

한 시간 정도
자고 일어났더니

그 이상한 검은 물체는
사라지고 없었다.

너무 아파서
잠깐 헛것이 보였나?

라고 생각하고
잊어버리려고 한 순간.

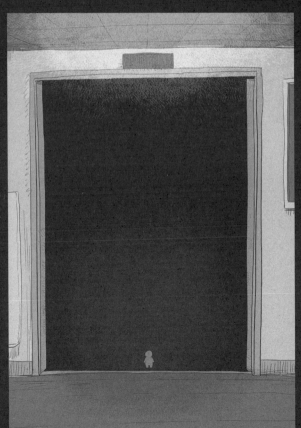

이번엔 다른 게 보였다.

어디 가게??

…화장실.

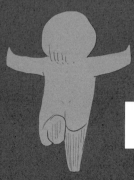

나 진짜 머리가
어떻게 된 건가?

왜 저런 게
보이지…?

어디 갔어?

그때 불 꺼진 병원 로비에서

아인이를 처음 만났다.

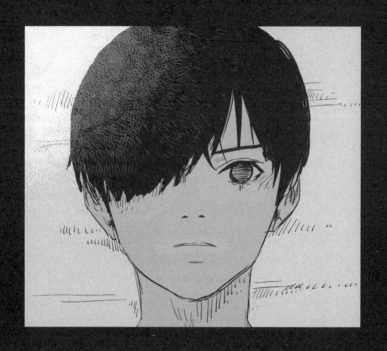

더워.

순이는 한 달 넘게
학교에 안 나오고 있다.

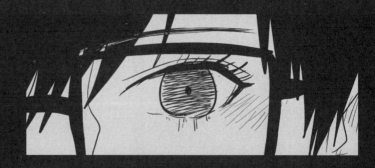

선생님 말로는
아파서 못 나오는
거라고 했다.

연락을
해본 적도
있지만

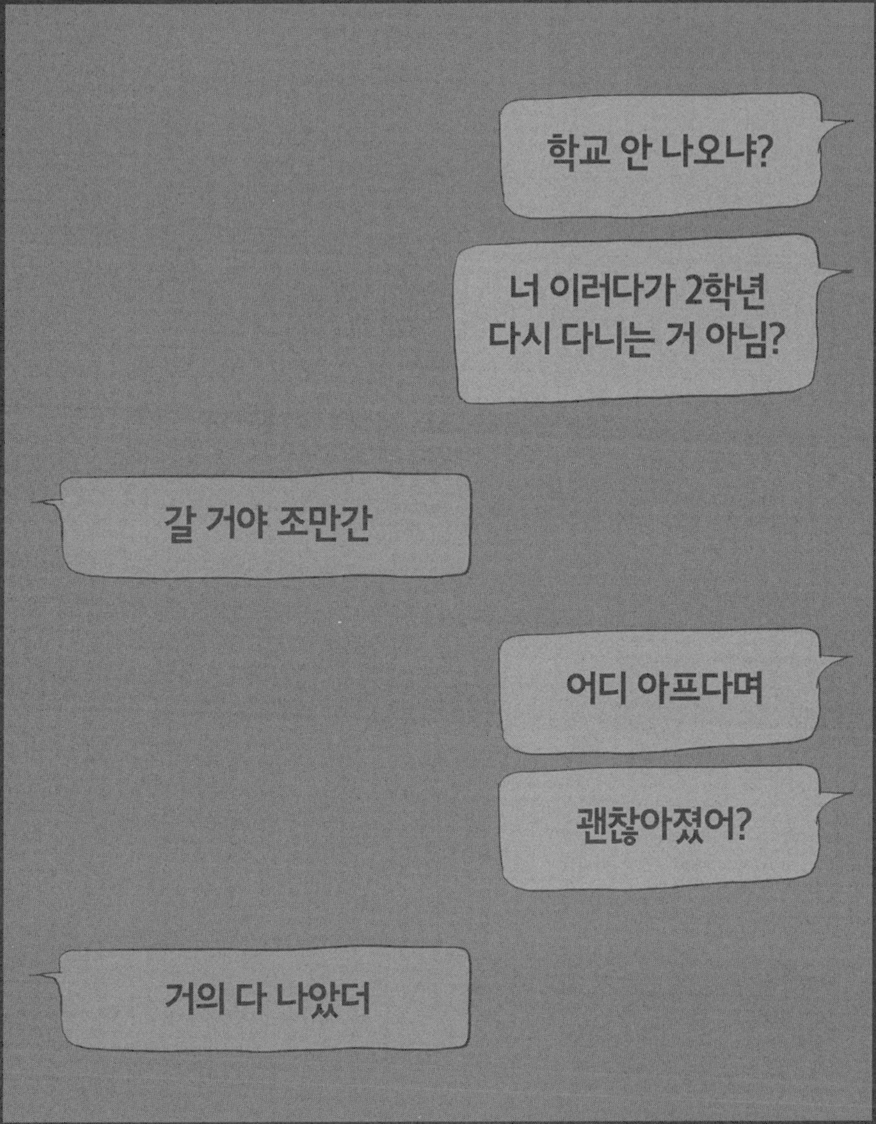

학교 안 나오냐?

너 이러다가 2학년
다시 다니는 거 아님?

갈 거야 조만간

어디 아프다며

괜찮아졌어?

거의 다 나았더

너무 단답형이라

좀처럼 대화를 길게
이어나가기 힘들었다.

어디가 그렇게
아픈 거지…?

원래 무슨

병 같은 게 있었나?

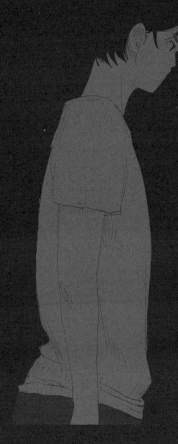

되게 건강해 보였는데….

야, 이순이.

니가 말했던
그 현실감 없다던
이집트 축구선수

이번 시즌
득점왕
한 거 봤냐?

이순이

밖은 벌써
여름 됐어.

곧 여름방학도 할 거야.

이순이

잘 지내고

있냐.

야!

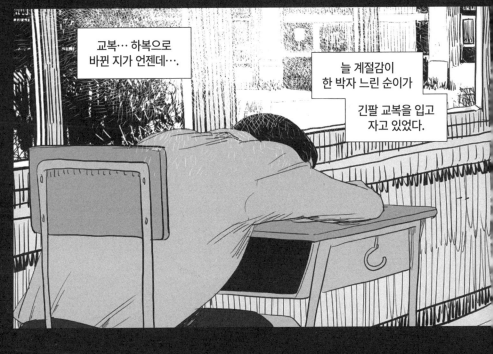

교복… 하복으로
바뀐 지가 언젠데….

늘 계절감이
한 박자 느린 순이가

긴팔 교복을 입고
자고 있었다.

이번엔
43일 만이다.

처음엔
내 눈을 의심했다.

너무 오랜만에 나와서

내가 지금 헛것을
보고 있는 건가…?

라는 생각도
들었고.

아니면…

다른 애가
순이 자리에
앉아있는 건가?

…라고 생각도
해봤지만

저건 확실히
순이가 맞다.

자고 있는
뒷모습만 봐도
알 수 있다.

…하도
많이 봐서….

오랜만에 보니까
반가운 느낌보다는

어색한 느낌.

그리고 또 장기 결석해서
못 보지는 않을까 하는

불안함이
막 뒤섞였다.

이제 곧
여름방학인데…

이대로는
안 되겠다고
생각했다.

그럼 한동안 또
못 볼 거 아냐…?

…친하지도 않은데 갑자기 그렇게 말하기 좀 이상할 거 같아서….

뭔가 방학 때 만날 그럴듯한 명분 같은 거 없을까??

넌… 보통 여자애들 만날 때 뭐라고 하면서 만나?

…내가 먼저 만나서 놀자고 한 적 없는데…. 보통 걔네들이 먼저 말하지….

……

…그렇구나….

아! 몰라 나도…
걔 성격도 어떤지
잘 모르고…

그리고 내가 무슨
연애전문가냐??

뭐 맨날 이런 일이 있을 때만
나한테 물어보러 와…
한두 번도 아니고…

…너밖에
없으니까
그렇지…

넌 잘생기고…

성격도 밝아서…

여자 친구들도
많고…

……

연애도 해봤을 것
같으니까 그렇지…

아오…

개

뭐 좋아하는데?

야⋯ 이순이

방학 때 축구나 보러 갈래?

야! 나
공짜표 있는데
축구 볼래??

싫음 말고⋯.

⋯아⋯ 뭐라고 해도 어색한데⋯.

순이 성격상 엄청 무뚝뚝하게

'왜?
싫은데⋯?'

…이렇게 말하면…
더 이상 할 말도 없고….

…부담스러워
할 수도 있고….

으… 어렵다
어려….

??!

정수리에
코를 박았다.

그리웠던
좀약 냄새가
났다.

한 달 넘게
아팠던 거 맞아…?

이렇게 보기엔
괜찮아 보이는데….

…그날… 달리기한 날부터
엄청 안 나오길래…

…난
…혹시나….

…혹시나…

…뭐?

그 까만 게…
…이제는…

너도 공격하기
시작한 줄 알았어.

207

…사실은…

…그것 땜에 못 나왔어….

…이게 진짜….

…다행이다….

진짜 오랜만에
본 거지만….

아… 난 진짜
엄청 놀랐는데…

이 와중에
거짓말이 나오냐?

아니, 니가 너무
깜짝 놀라길래.

…갑자기 웃겨서.

무슨 이유 때문인지 학교를
43일 동안 못 나왔지만…

…그래도
괜찮아 보이는 것
같아서 다행이다.

…알았어 알았어….

안 그래도 슬슬
얘기해볼라 그랬어….

곧 여름방학
이네….

……

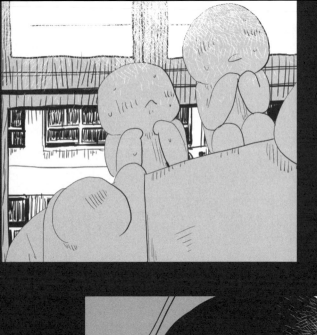

방학 때…

…뭐 하냐…?

나??

…그럼 너지…

내가 허공에다가
물어봤겠냐…?

…모른다고?…

니 방학인데
니가 왜 몰라…???

으… 이런 식으로
대화가 끝나면

말 꺼내기가
더 어렵잖아…!

아… 몰라 몰라…!!!

...어?

아! 아니.

9화

……

…어디…?

…어디…로?

…이… 일단은

보러 갈 생각은
있다는 건가…?

…뭐…
프리미어리그 보러
영국은 못 가니까…

K리그
보러….

알아보니까… 우리 동네에도
연고팀 있더라… 2부 리그…
…너도 몰랐지?

나…!!!

…데리고 가!!!

어… 구래 그럼….
방학 때 경기 있는 거
같으니까….

날짜 알아보고
다시 얘기해줄게.

방학 때 연락이나
잘 받아라.

…연락…할게.

이! 어.

알겠어.

···이렇게까지 상기된

순이의 목소리 톤을
들어본 적이 있었나···?

···근데

'나 데리고 가.'

라니

표현이 뭐 그러냐.

그리고 나서 금세

여름방학이 됐다.

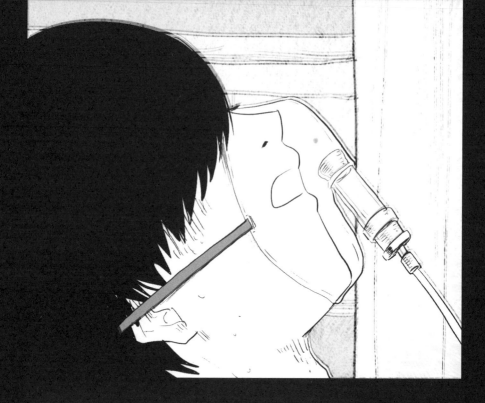

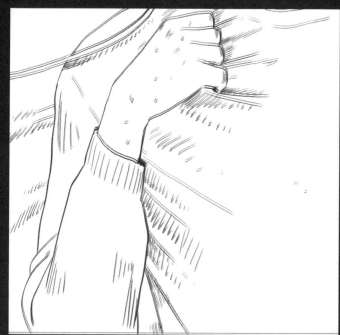

그리고

또

그때 그 꿈을 꿨다.

이날 꿈은 수십 번 꿔도
아직 적응이 안 된다.

무척 공포스럽거든.

호흡기도 싫고
주삿바늘도 싫어요.

다 답답하고
무서워요….

…네?
의사 선생님….

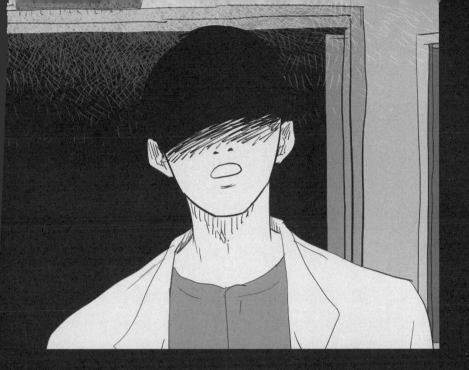

…뭐라고요…???

간 수치가 높게 나왔다고요…?

무슨 소리 하시는 거예요???

전 이제 중1이고…

술 같은 거 마셔본 적도 없는데….

…스트레스만으로도

높아질 수 있다고요…?

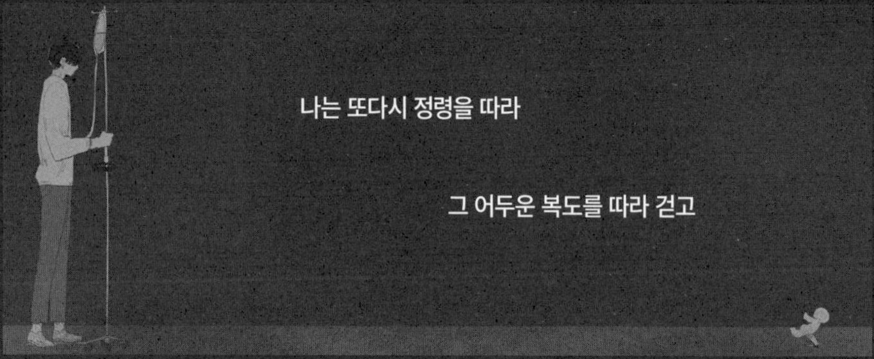

나는 또다시 정령을 따라

그 어두운 복도를 따라 걷고

그 복도 끝에서
아인이를 만난다.

다 없어진 줄 알았던
그 검은 것들이

다시 나와서
날 공격한다.

아… 또
왜 그래!!!

하지 마!!!

무섭다고!!!!

아……

숨이…!

안 쉬어지는 거 같아…!!!

안 쉬어지는 거 같다고…?
…과호흡 같은데…???

…그거 오히려 숨을 너무
쉬려고 해서 그러는 걸걸…?
조금만 천천히 쉬어봐!

…앤 뭐야…?

누구야…???

일단 이거 살짝 대고
숨 쉬어봐.

천천히.

…뭐
하는 거야???
얘?!!

아니…! 숨을 못 쉬겠다니까

비닐봉지로 왜 막아???

천천히…

규칙적으로…

…편안하게….

하아잉

하아잉

하아잉

정신을 차려보니

그 검은 건
사라지고 없었다.

그때, 생전 처음 본 아인이의 목소리가

이상하게 의사 선생님의 말씀보다

더 안정감 있게 들렸던 걸로 기억한다.

너 우리 학교 맞지? 성동중?

나… 너 학교에서 몇 번 본 적 있는 거 같은데…

……?

…난… 본 적 없는데….

그리고 나서 며칠 뒤에

정말 학교에서
아인이를 만났다.

같은 1학년이었다.

뭐 그렇다고 해서 갑자기
친해지거나 한 건 아니었다.

걘 주변에 친구도 많고,
잘생기고 인기 많고 밝은…

그런 아이였고

난 아니었으니까.

그래도 가끔 학교나 동네에서 만나면

난 이상할 정도로 아인이에게 이것저것 털어놨다.

아인이는 뭔가 또래보다 어른스러워서

뭐든 다 알고 대답해줄 것 같았거든.

처음엔 내 증상에 관한
얘기 같은 걸 하다가

나중에는 다른 관심사들
(이성, 친구 관계)

등등을 엄청 상담하고
물어봤던 거 같다.

아인이는 때때로
귀찮아할 때도 있었지만,

그래도 전반적으로는
잘 들어주고 상담해줬다.

이게 나와
아인이의
전부다.

근데 아직까지 물어보지
못한 게 하나 있다.

'넌 그날 병원에…

어디가 아파서
왔던 거야…?'

왠지…
이 질문은…

입이
잘 떨어지지가
않는다.

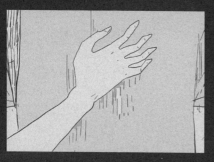 

후우

그건 그렇고

오늘이 벌써 그날이다.

축구 보러 가기로 한 날.

10화

내가 알기로
아인이는…

게임도 잘한다.

뭐 하나 못 하는 게 없는

뭐야?

언제 왔어?

…약간 부러운 애다….

아, 성적은 내가 좀 더 좋다.

…방금.

왔으면 얘길 하지…
넌 게임 안 할 거지?

어.

뭐 먹을래? 사줄까?

…괜찮아.

…하긴… 생각해보니까
나도 너 사줄 돈까지는 없다.

…….

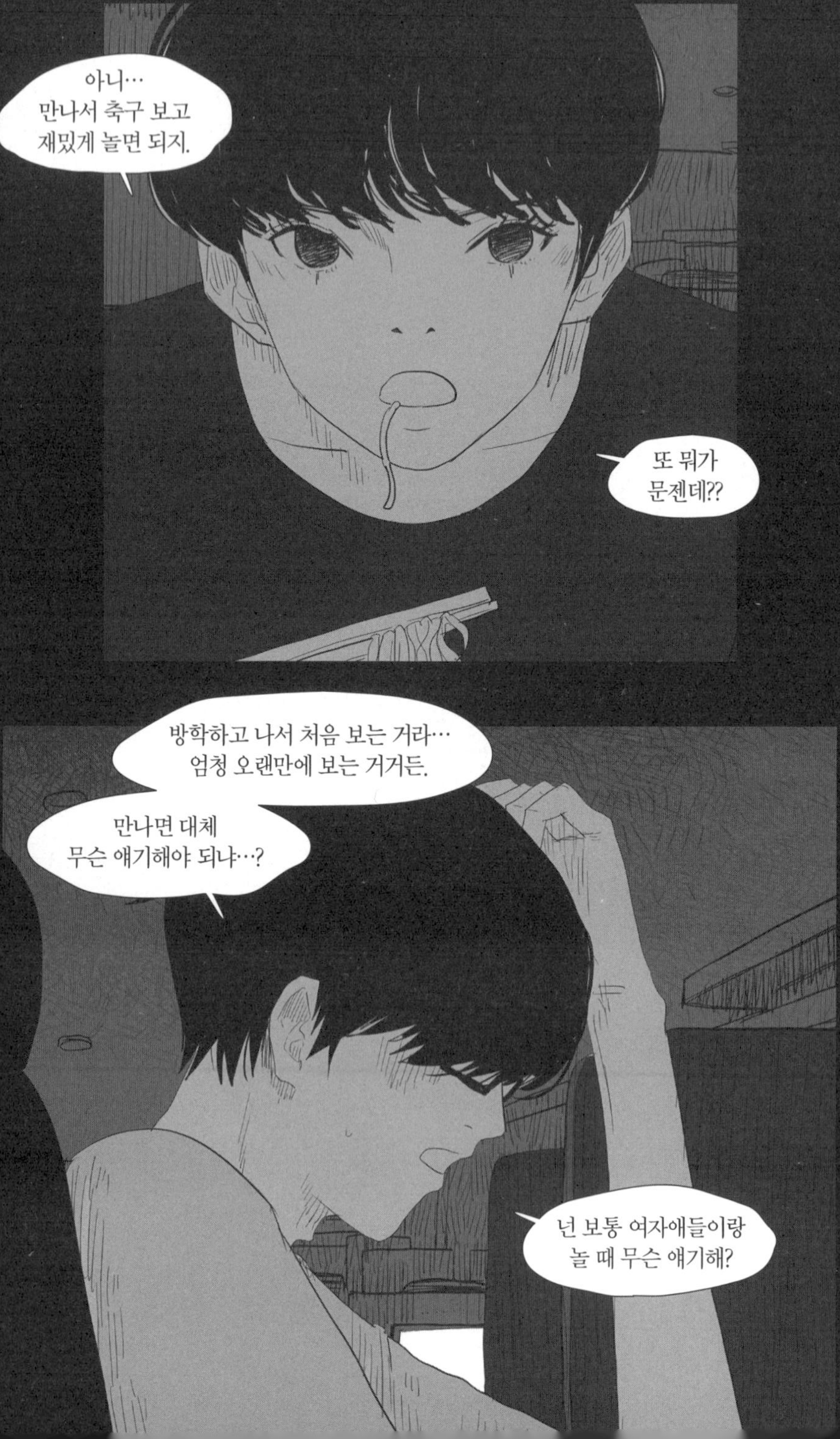
아니…
만나서 축구 보고
재밌게 놀면 되지.
또 뭐가
문젠데??
방학하고 나서 처음 보는 거라…
엄청 오랜만에 보는 거거든.
만나면 대체
무슨 얘기해야 되냐…?
넌 보통 여자애들이랑
놀 때 무슨 얘기해?

별 얘기 안 하는데.

그냥 여자애들이 계속 떠들어서…
난 거의 리액션밖에 안 하는데.

......

아… 그냥 축구 보러
가는 것뿐인데…
왜 이렇게 두근거리지…??

257

야… 오버하지 마….
걔도 아무 생각 안 할걸?

니들이 뭐 사귀기로 한 것도 아니고…
그냥 친구랑 놀러 가는 거잖아….

…….

그… '친구'
…라는 부분이…

엄청 떨린다고.

너… 두근거리는 거 때문에

이따가 또… 막 기절하고
그러는 거 아니냐?

…아니… 오늘은
괜찮을 거 같아.

…뭔가… 불안한
두근거림이랑은…
약간 다르거든.

분명히 아까부터
스멀스멀 나오려고 하는데

이상하게
공격하지는 않는다.

…그냥 할 말 없으면
아무 말도 안 하고
있으면 되잖아.

야!! 니 일 아니라고…!!!
아무 말도 안 하면 어색하잖아…!

259

이순이… 걔가…

…….

그런 거 어색해하는
성격이야?

…아니.

……
아닌 거 같다.

거봐… 너 혼자
오버하는 거라니까.

야! 다 처먹었으면
빨리 들어와.

어! 지금 들어감.

…그런가…?
진짜 나 혼자 괜히 오버하면서
긴장하는 건가?

그냥 자연스럽게…
편하게 있으면 되나?

우리 동네
종합운동장은…

집에서 걸어서
30분 거리에 있다.

입구에서
경기 시간 30분 전에
만나기로 했지만

…긴장돼서
1시간 전에
도착해버렸다.

후… 일단 긴장 좀 풀고….

이따 만나서 무슨 얘기나 할지
천천히 생각 좀 해봐야겠다.

어… 어째서?!!!

나… 하… 한 시간이나
일찍 왔는데…!!!

니가 왜 먼저 와 있는 거야?!!!

…그나저나…

오랜만에
보는 순이다.

표정 변화는
없지만…

그래도 조금
상기되어
있는 것처럼
보인다.

기분 탓인가…?

폭염으로 인해 경기 시작이
1시간 미뤄졌습니다.
너른 양해 부탁드립니다.

시작 시간 18:00 -> 19:00

- 성동 FC -

…하긴

이렇게 더운 날씨에는
선수들도 뛰기 힘들 테니까….

…….

그래…

네가 그렇다면
그런 거겠지….

쿨쩍 쿨쩍거리면서…

잘도 먹네.

…배… 많이 고팠냐?

…내 거… 더 먹을래?

…그렇게 고민할 문제였나….

…방학 때

뭐 했냐?

…그냥 집에 있었는데.

집에서
뭐 했는데.

……
공부해따… 왜.

집에서… 혼자
안 심심했나…?

계속…
혼자 있으면…
안 외롭나??

나는…

나는…

엄청 보고 싶었는데.

그래서
축구 보러 왔잖아.

너랑 놀러.

그… 금방 어두워졌네.
…스… 슬슬 들어가자….

곧 시작하겠다.

어.

go_ devils !! go go~

순이 눈이

경기장 조명에 반사돼서

반짝거렸다.

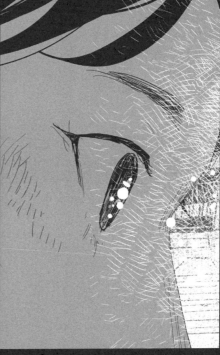

아주 예쁘게.

그날 경기는 1 대 0이었다.

근데 우리가 응원했던 홈팀이

넣었는지 먹혔는지는
기억이 안 난다.

나는 경기 내내
순이만 봤던 것 같다.

순이를 잘 모르는
사람이 보면

거의 무표정
같다고 하겠지만,

순이는
꽤 즐거워
보였다.

오랫동안
지켜본

나만이 아는
표정 변화.

누군가의

이런 미세한 변화들을
알아차릴 수 있다는 게

즐거웠다.

그래도 나름
재밌지 않았냐?
골도 나오고.

어.

직관 재밌다.

완전 재밌어….

프리미어리그도
직접 가서 보면…

진짜 진짜 재밌겠지?

거긴 영국이잖아….
너 돈 있어? 비행기 값만 해도
엄청 비쌀걸?

…너 여권은 있어?

……

……

…….

그렇게 갑자기
침울해지기 있냐?

난 그냥
별생각 없이
얘기한 건데….

…가면 되지.

나중에 졸업하고…
알바해서 돈 벌고

여권도 만들면…
갈 수… 있지 않을까?

나…

나도 갈래…!

나도 나도!!!

…그… 그래.

…돈이나
많이 모아놔라.

…가면 되지….

얼마?

……그… 글쎄
한… 배… 백만 원 정도??

…나 갈게….
우리 집 이쪽으로
가야 돼.

어… 어응…
자… 잘 가라….

291

…이순이…?!!

모… 모야?!

집에 안 갔어??
…집에 간다며…

…나한테 뭐
맡긴 거 있었어?

?!!!?!

뭐… 뭐야, 갑자기?!!!

누… 누가 있긴…

엄마 아빠
다 있는데…

…대체 왜…?!?!

너네 집에서
잠깐만

놀다 가면 안 돼?

…갑자기 뭐지…??

방금 전에 멀쩡히
인사하고 헤어지고

집에 갔던 애가…
왜 5분 만에 다시 와서….

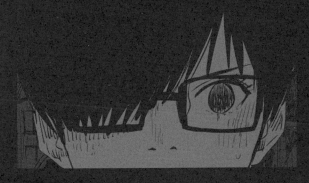

…집에 또 무슨 일
있는 건가???

무… 물어보고 싶은데…
집 얘기하는 거 싫어하니까…

그냥 안 물어보는 게
나으려나…?

…안 돼?

…부모님 땜에?

…돼.

<병의 맛> 3권으로 이어집니다.

병②의 맛

1판 1쇄 인쇄 2019년 5월 20일
1판 1쇄 발행 2019년 5월 31일

글 그림 하일권
펴낸이 김영곤 **펴낸곳** ㈜북이십일 아르테팝
미디어사업본부이사 신우섭
책임편집 윤효정 **미디어만화팀** 윤기홍 박찬양
미디어마케팅팀 김한성 황은혜 **해외기획팀** 임세은 장수연 이윤경
문학영업팀 권장규 오서영 **제작팀** 이영민 권경민

출판등록 2000년 5월 6일 제406-2003-061호
주소 (우10881) 경기도 파주시 회동길 201(문발동)
대표전화 031-955-2100 **팩스** 031-955-2151 **이메일** book21@book21.co.kr

(주)북이십일 경계를 허무는 콘텐츠 리더

북이십일과 함께하는 팟캐스트 '책 , 이게 뭐라고'
아르테팝 채널에서 도서 정보와 다양한 영상자료 , 이벤트를 만나세요 !
페이스북 facebook.com/21artepop   트위터 twitter.com/21artepop
인스타그램 instagram.com/21artepop 홈페이지 artepop.book21.com

ISBN 978-89-509-8045-0 07810
책값은 뒤표지에 있습니다.